1988
박래전

30년, 다시 만나는 동화冬花 박래전

冬花

당신들이 제게 돌아오지 않을 것을
아는 까닭에
저는 당신들의 코끝이나 간지르는
가을 꽃일 수 없습니다

제게 돌아오지 못할 것을 아는 까닭에
저는 풍성한 가을에도 뜨거운 여름에도
따사로운 봄에도 필 수 없습니다
그러나 떠나지 못하는 건
그래도 꽃을 피워야하는 건
내 발의 사슬 때문이지요

겨울꽃이 되어버린 지금
피기도 전에 시들지도 모릅니다
그러나 진정한 향기를 위해
내 이름은 冬花라 합니다

세찬 눈보라만이 몰아치는
당신들의 나라에서
그래도 몸을 비틀며 피어나는 꽃입니다

冬花는 생전의 박래전 열사 필명입니다

글씨 신영복

차례

너무 이른 가을

네가 떠난 후 겨울

긴 겨울 지나 다시 봄

책을 펴내며

박래전 열사가 우리 곁을 떠난 지 벌써 30년이 흘렀습니다. 강산도 변한다는 기나긴 세월이지만, 그래서 많은 것이 변했다지만, 아직 그가 원했던 진정한 봄은 오지 않았습니다. 여전히 많은 사람들이 최소한의 먹고 사는 일조차 힘들고 여전히 힘없는 사람들의 인권은 언급조차 하기 어렵습니다. 80년 광주 학살의 원흉이 아직 살아있으며, 그의 잔당들은 그때처럼 호의호식하며 백주대로를 활보합니다.

우리가 박래전 열사의 삶을, 그가 살았던 시대의 얼룩들을 한데 모으려고 하는 이유가 여기에 있습니다. 잊지 말자, 잊지 말자고, 하나를 잊으면 그보다 열 배 백 배 더한 폭력과 폭압의 세상이 펼쳐질 것이라고, 그 당부를 하기 위해서입니다. 30년의 세월이 흐르는 동안 우리는 많은 것을 잊었고, 그 덕분에 싸우지 않아도 행복해질 것이라고 애써 위로해 왔습니다. 하지만 그것은 스스로에 대한 기만이었음을 지난 겨울 뼈저리게 느꼈습니다. 이제 그 각성과 통한의 반성을 이렇게 한 권의 책자로 만들어냈습니다. 여기에 실린 사진들이 전부는 아닙니다. 지금은 사진이 글보다 풍성한 시대지만, 박래전 열사가 살아가던 시대는 여러 가지 이유로 사진이 귀한 시절이었습니다. 그러다 보니 많은 기록들이, 우리가 기억하고 싶은, 알리고 싶은 많은 것들이 사진으로는 남겨지지 못했습니다. 그러므로 여기에 남기는 기억들은 실로 소중하고 안타까운 것들입니다. 그가 남긴 소중한 글과 시도 다 담고 싶었지만 담아내지 못했습니다. 아쉽지만 책에 담긴 사진과 글과 시를 통해서나마 그를 만날 수 있었으면 좋겠습니다.

한 시대의 시인으로서, 청년 학도로서, 누군가의 아들로, 누군가의 선배이며 후배로서 짧은 생을 살다간 그의 죽음을 슬퍼하기보다 슬픔을 꺾어 희망의 꽃으로 다시 피워내고자 합니다. 이 작은 기억의 공간이 시간을 넘어 많은 이들에게 공감되고 이야기되기를 소망합니다.

작은 기록이지만 커다란 노력과 정성이 녹아있음을 알고 있습니다. 이렇게 한 권의 책으로 나오기까지 많은 이들이 함께 했습니다. 열사의 삶을 제대로 보여주지 못할까 봐 늘 얼굴에 미안함과 부끄러움을 담고 뛰어다녔던 편집위원 여러분들과 운영위원들, 어려운 환경에서도 기꺼이 디자인을 맡고, 출판을 도와준 분들 모두에게 감사와 고마움을 표합니다. 또한 30주기를 함께 준비해 주신 숭실 동문들과 모든 분들께 감사드립니다. 우리는 아직 한 권의 책이 갖는 힘을 믿고자 합니다. 이 책을 읽는 한 사람이 열 사람이 되어 박래전 열사를 영원히 기억해 주기를 소망합니다.

2018년 1월

박래전기념사업회 회장 문재호

달아! 네가보고파서
달아! 우리가슴 아픈 달아
비가 내린다.
지하실 독방에서도
네가 떠오르지 않으면 까만 밤에도
우린 널 볼 수 있었으니까
가슴에 비수를 품고
우리와 같이 울고 있는 널
우리와 같이 볼수 있었으니까
언제나, 어디서나 볼수 있었으니까

1988 박래전

박래전기념사업회

6월 항쟁과 7,8,9월 노동자대투쟁으로 민주화 시대의 한 장을 열었던 1987년!
6월 항쟁에 굴복한 전두환은 대통령 직선제 개헌을 수용했다. 대통령 직선제로 민주 정부가 탄생해야 했건만 김대중, 김영삼 야권 후보의 분열로 광주학살의 책임자인 노태우가 13대 대통령으로 당선되면서 민주화 투쟁의 결과물을 신군부 세력이 가져가는 것으로 1987년은 막을 내렸고 박래전이 분신한 1988년은 신군부의 시대였다.

1987년 대선 과정에서 극심한 입장의 차이를 보였던 학생운동 세력들은 대선 패배의 책임을 두고 서로 분열했다. 서울 올림픽이 열리던 1988년, 운동의 방향과 관련해서 자주파 학생운동 세력은 올림픽을 계기로 공동올림픽 개최를 통해 조국통일운동을 적극적으로 전개하고자 했다. 반면 민중파 학생운동 세력은 올림픽의 반민중성을 폭로하며 분단올림픽을 반대했다. 박래전이 속했던 민중파는 올림픽을 연다고 거리의 노점상을 철거하고 판자촌이 시야에서 보인다는 이유로 철거하는 등 민중 탄압 속에서 치루어지는 올림픽 자체를 반대했다. 운동 세력들이 올림픽에 대해서는 서로 다른 주장을 했지만 전두환, 노태우를 비롯한 광주학살과 5공 비리의 책임자 처벌에 대해서는 뜻을 같이 하며 함께 싸워나갔다. 또, 분열로 대선에 패배했지만 민주화를 염원하는 국민들은 4월 26일 치러진 13대 국회의원 총선에서 여소야대의 국회를 탄생시켰다. 여소야대 국회는 국정조사권을 발동하여 광주 민주화 운동과 5공 비리를 진상을 규명하고자 하였다.

1988년은 집권한 신군부 세력에 대한 저항감, 광주 학살에 대한 울분이 가라앉지 않고 들끓었던 시기로 80년대와 87년 6월 항쟁을 거치며 역량이 축적된 민주화 운동 세력은 군사정권에 대한 저항을 멈추지 않았다.

1988년 5월 15일 명동성당 들머리에서는 '광주민주항쟁 계승 마구달리기 행사'가 진행 중이었다. 가톨릭민속연구회에서 활동하던 서울대생 조성만(당시 24세)은 길놀이 공연을 마치고 길놀이 때 입었던 흰 옷의 농민복 차림으로 가톨릭회관 옥상에 올라가서 유서 복사본을 뿌리며 외쳤다. "양심수 가둬 놓고 민주화가 웬 말이냐!", "(북한과) 공동 올림픽 개최해 평화 통일 앞당기자!", "조국 통일 가로막는 미제 몰아내고 광주학살 진상을 밝혀라!" 라고 외치며 투신했다.

사흘 뒤인 5월 18일은 광주항쟁 8주년이었다. 단국대 천안캠퍼스에서 광주영령 추도식이 열리던 도중 최덕수(당시 20세)는 "광주항쟁 진상규명"과 "국정조사권 발동"을 주장하며 분신했다.

숭실대 인문대학생회장 박래전(당시 25세)은 조성만과 최덕수의 죽음을 목도하였고, 장례식 과정에도 참여했다. 그는 6월 4일 학교 학생회관 옥상에서 "광주는 살아 있다, 군사파쇼 타도하자!"고 외친 후 분신했다.

"어두운 시대에 태어나 참인간이고자 했던 작은 사람의 아들이 이 땅의 모든 사람에게 드립니다."라고 시작한 박래전의 유서에는 온몸을 불사르기 직전의 절절함이 고스란히 담겨 있다.

"8년 전 이 땅을 피비린내로 진동하게 했던 학살 원흉이 대통령의 권좌에 앉아 있습니다. 엄청난 부정과 사기

극을 연출하여 대통령의 권좌에 오른 노태우가 가장 먼저 했던 일은 아직도 밝혀지지 않은 구로의 학살이었고 이제 와서는 그 피 묻은 손으로 광주항쟁의 진상 운운하고 있습니다. 세상에 살인자가 대통령의 권좌에 눌러 앉아 있는 나라가 이 지구상의 어디에 있으며 자신과 학살의 주범들은 역사의 심판대에 올려져야 함에도 그자들의 입으로 학살의 진상 운운한 경우가 또 어디에 있습니까?"라고 울분을 토하며 학살 원흉 노태우는 즉각 처단되어야 한다고 했다. 또한 통일 논의의 자유로운 보장, 반민중적인 올림픽반대, 양심수의 석방, 분열을 제거하고 단결할 것을 호소했다.

박래전의 죽음은 시대의 아픔이 낳은 상처다. 독재 정권의 장기 집권, 군부 쿠데타, 무고한 광주 시민의 학살, 신군부의 집권이 낳은 시대의 아픔을 치유하기 위한 싸움, 민주주의를 지키기 위한 싸움에 기꺼이 동참했던 젊은이들이 시대에 남긴 상처 자국이다. 시대의 부름에 양심을 지키며 정의를 어깨에 짊어지고 자신의 기득권을 버리고 강의실을 나와 최루탄에 눈물 흘리며 돌을 던졌던 수많은 젊은이의 자취이다.

돌을 던진 것에서 더 나아가 자신의 몸에 불을 살랐던 젊은이가 바로 박래전이다. 열사는 나라를 위해 절의를 굳게 지키며 자신의 뜻을 죽음으로 펼친 사람을 이르는 칭호다. 우리는 그를 '래전이 형'이라고도 부르지만 고개 숙여 '박래전 열사'라고 부른다. 단 하나뿐인 자신의 몸을 불살라 희생하고 헌신했기 때문이다.

그는 죽음으로서 세상에 절규했고 비겁하고 나약하게 움츠러들던 이를 일깨웠다. 1988 박래전, 그를 기억하는 것은 그 시대를 기억하는 것이고 그 시대가 남긴 아픔과 상처와 과오를 정면으로 바라보는 것이다. 그 시대가 남긴 숙제를 해결하는 것이고 그 시대를 뛰어넘어갈 결의를 다지는 것이다. 과거를 돌아보는 것이 아니라 우리가 살아갈 앞날을 멀리 바라보는 것이다.

고향에서의
봄

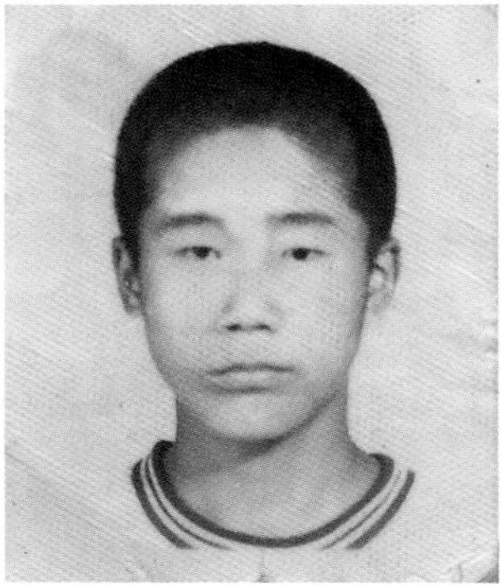

내 동생 박래전

박래군
박래전의 둘째 형, 인권재단 '사람' 소장

두 살 터울인 동생은 나를 잘 따랐다.
삼형제 중 둘째인 나와 동생은 어릴 때 항상 같이 다녔다.
대체로 동생이 내 뒤를 졸졸 따라다녔다.
우리는 어른들에게 인사도 잘했다.
그런 우리를 보고 동네 어른들은
'창자가 이어진 형제'라고 말하고는 했다.
어릴 적 동생은 공부보다는 노는 데 더 열성이었다.
형과 나는 부모님 농사 돕느라 학교 갔다 오면 정신이 없을 때에도
동생은 해가 저물도록 놀다 들어오고는 했다.
그렇지만 머리도 좋았고 의리도 남달랐다.
자신이 옳다는 일에 대해서는 고집을 굽힐 줄 모르는 녀석이었다.

둘째 형의 졸업식 날 어머니, 큰형과 함께 / 아랫줄 왼쪽이 초등학교 시절 박래전

깡마른 몸에 훌쩍 키가 컸던 동생, 활달했던 그 아이는 사춘기가 지날수록
아버지를 닮아서 얼굴에 광대뼈가 삐져나오더니 점점 말수가 적은 사내로 자랐다.
내가 수원에 있는 고등학교로 갔을 때 처음 동생과 헤어졌다.
동생은 나와 헤어지고 나서 한 달 동안을 밥도 제대로 안 먹고
형 보고 싶다고 뒷산에 올라갔다고 했다.
우울한 나날을 보내다가도 내가 집에만 가면 활기를 찾던 녀석이었다.

중학교 때 소풍 가서 친구와 말을 타고 웃고 있는 박래전

중학교 졸업식 날 형들과 함께

부모님의 반대로 수원으로 진학하지 못하고, 시골의 고등학교에 들어가서는
더욱 말수가 적어졌다. 또래의 친구들과 잘 어울리지 못하고
학교 도서관에 박혀서 겨우 막차를 타고 집에 들어오곤 했다.
그때부터 동생은 시를 쓰기 시작했다. 서투른 습작들이 몇 개 남아 있지만,
그때까지는 썩 좋은 시를 쓰는 것 같지는 않았다.

고등학교 시절 도서관에서, 왼쪽이 박래전

친구들과는 다른 차원의 고민이 그때부터
자리 잡기 시작했던 것 같다.
더욱이 재수해서 대학에 간 내가 집에 내려갈 때마다
동생은 문학이며 대학 생활에 대해 꼬치꼬치 물었다.
그러면서 고등학교 생활의 답답함을 호소했다.

고등학교 시절, 왼쪽이 박래전

고등학교 졸업식 날 어머니와 함께

친구들이나 선생님들과는
말이 통하지 않는다는 얘기가 주였다.
좁은 시골 생활을 넘어
큰물에 대한 동경 같은 것이 있었다고나 할까.

대학 1학년 여름, 그러니까 동생이 고3 여름방학
때 친구 몇 명하고 시골집을 며칠 다녀왔다.
이른바 우리끼리의 농활(농촌활동)이었다.
그때 만났던 누나들과 내 동생은
그 뒤에도 친밀한 관계를 유지했다.

『사람 곁에 사람 곁에 사람』(박래군, 클, 2014) 76-77쪽

고등학교 졸업식 날 친구와 함께, 오른쪽이 박래전

박래전의 고향집

인문대 학생회장 시절 박래전, 확성기를 들고 구호를 외치고 있는 뒷모습

뜨거웠던 너의

여름

수필 아버님의 눈물

『이놈의 새끼야! 날 죽이고 가! 나가구 다시는 아버지라고 찾지도 마라! 엄마라고 부르지도 말고.』

지난 7월 구속자 석방때 풀려난 형이 학교에 절대갈 수 없으며 공장으로 가겠다고 했을때 술에 만취 하신 아버님이 난생처음 자식들앞에서 울음을 터뜨리시며 하시던 이야기다.

우리집은 아들만 삼형제였다. 셋다 얌전하게 자랐고 학업성적도 남들에게 뒤떨어지지 않는 모범(?)아들들이었다. 착하고 부지런한 사람들은 예나 지금이나 가난한 것이어서인지 우리 삼형제는 지독한 가난 속에서 자랐고 부모님은 여름사철없이 바쁘셨다.

『느들 자랄 때까지는 땅도 장만하고 집도 남못지않게 지어놓을 거다』부모님께선 늘상 이렇게 말씀하시며 건강하지도 않은 몸을 끌고 봄가을로 날품팔이를 하셨고 겨울이면 시커먼 뻥튀기 기계를 끌고 다니셨다. 일곱살 터울인 큰형은 중학생때부터 겨울만 오면 유리알같이 매끄러운 길을 리어카로 끌고 돌아다니시는 부모님과 함께 5일마다 서로 시골장터와 낯설은 타동으로 돌아다니지 않으면 안되었다. 그래서인지 거울이면 작은 형과 둘이서만 있는 시간이 대부분이었고 부모님 얼굴을 보는 시간은 새까만 밤중이었다.

이렇게 고생한 끝에 지금은 남들한테『알부자』소리를 듣게 되었지만 자라난 우리들과 연로하신 부모님 앞에는 가난보다 더한 아픔이 기다리고 있었다.

부모님의 뜻에 따라 밑으로 두형제가 대학에 들어갔을 때, 두분은 날듯이 좋아하셨지만 그것은 또다른 파란을 예고하고 있었던 것이었다. 순종만을 미덕으로 알았던 형제가 감겨져있던 눈을 뜨는 순간에 우리의 앞엔 거대한 손이 가로 막혀있음을 보았던 것이다. 그 손은 바로 우리의 어린 시절을 가난에 찌들게 했고 지금도 연로하신 부모님께서 눈밭으로 뛰어다니지 않으면 안되게하는, 우리 또래의 젊은이들이 공장에서 뼈빠지게 일하고도 신음하게 하는 보이지 않는 손이었다.

형제는 그토록 매달리곤 했던 학교공부는 거의 제쳐두다시피 하고 억눌린 소리를 찾고, 막혔던 가슴들을 여는 일에 몰두하게 되었다. 철저하게 부모님을 속여야 했고 그 때문에 괴로워하면서도 찾아야 할것, 쟁취할 것을 쟁취하기 위한 작업에 열중했던 것이다.

결국 작년 5월이 최루탄 연기 속에다 지나가던 날, 작은 형은 압제의 쇠창살 속으로 걸어갔고 부모님은 날마다 먼하늘만 바라보시고 밤마다 형의 이름을 부르며 애통해 하셨다. 다행히 6·29라는 기만적 구속자의 대폭 석방조치로 형은 석방되었지만 부모님과의 갈등은 여전히 해소되지 않고 있다.

열손가락 깨물어 아프지 않은 손가락 없듯이 자식들이 차디찬 시멘트바닥에서 신음할 때 가슴아프지 않은 부모가 어디있겠는가? 비록 그 아들들이 옳은 길을 가고있음에도 불구하고. 그러나 우리는 안다. 가난속에서 희망으로 살아왔고 가난을 이겨내었듯이 부모님은 이 아픔을 이겨내실 수 있으리란것을.

언제나 옳게 살아가려는 사람은 거센도전에 부딪히며 살게 마련이다. 사회구조적인것, 개인적인 것들등. 하지만 나는 믿는다. 이런것들을 슬기롭게 극복하는 사람만이 어떠한 시련에도 굴하지 않고 자신의 길을 간다는것. 진정 자유로운 세계를 창조할 수 있다는 것을. .

지금도 아버님의 눈물은 가슴 한구석에 얼룩져 남아있다. 그러나 아픔은 순간적인 것 아픈 상처를 치유하지않고는 곪아 터지고야 만다는 것을 알기에 우리는 우리의 길을 가야만 하는 것이다. 주름 가득한 부모님의 얼굴에 기름대여 젊은 우리 형제들의 두눈에 환한 웃음이 가득한 그날이 올때까지."

박 래 전

<국문·2년>

아버님의 눈물

박래전

"이눔의 새끼야! 날 죽이고 가!
나가구 다시는 아버지라고 찾지도 마라!
엄마라고 부르지도 말고."
지난 7월 구속자 석방 때 풀려난 형이
학교에 절대 갈 수 없으며 공장으로 가겠다고 했을 때,
술에 만취하신 아버님이 난생 처음
자식들 앞에서 울음을 터뜨리시며 하시던 이야기다.
우리 집은 아들만 삼형제였다.
셋 다 얌전하게 자랐고 학업 성적도 남들에게 뒤떨어지지 않는
모범(?) 아들들이었다.
착하고 부지런한 사람들은 예나 지금이나 가난한 것이어서인지
우리 삼형제는 지독한 가난 속에서 자랐고
부모님은 여름 사철 없이 바쁘셨다.

"느들 자랄 때까지는 땅도 장만하고
집도 남 못지않게 지어놓을 거다."
부모님께선 늘상 이렇게 말씀하시며
건강하지도 않은 몸을 끌고
봄가을로 날품팔이를 하셨고
겨울이면 시커먼 뻥튀기 기계를 끌고 다니셨다.
일곱 살 터울인 큰형은 중학생 때부터
겨울만 오면 유리알같이 매끄러운 길을
리어카로 끌고 돌아다니시는 부모님과 함께
5일마다 서는 시골 장터와 낯설은 타동으로
돌아다니지 않으면 안 되었다.
그래서인지 겨울이면 작은형과
둘이서만 있는 시간이 대부분이었고
부모님 얼굴을 보는 시간은 새까만 밤중이었다.
이렇게 고생한 끝에 지금은 남들한테
"알부자"소리를 듣게 되었지만
자라난 우리들과 연로하신 부모님 앞에는
가난보다 더한 아픔이 기다리고 있었다.

부모님의 뜻에 따라 밑으로 두 형제가 대학에 들어갔을 때,
두 분은 날듯이 좋아하셨지만
그것은 또 다른 파란을 예고하고 있었던 것이다.
순종만을 미덕으로 알았던 형제가 감겨져 있던 눈을 뜨는 순간에
우리의 앞엔 거대한 손이 가로막혀 있음을 보았던 것이다.
그 손은 바로 우리의 어린 시절을 가난에 찌들게 했고
지금도 연로하신 부모님께서 논밭으로 뛰어다니지 않으면 안 되게 하는,
우리 또래의 젊은이들이 공장에서 뼈빠지게 일하고도
신음하게 하는 보이지 않는 손이었다.
형제는 그토록 매달리곤 했던 학교 공부는 거의 제쳐두다시피 하고
억눌린 소리를 찾고, 막혔던 가슴들을 여는 일에 몰두하게 되었다.

광주학살 자행한 군사정권 타도와 민주화의 열망으로 대학은 들끓었다.

철저하게 부모님을 속여야 했고 그 때문에 괴로워하면서도
찾아야 할 것, 쟁취할 것을 쟁취하기 위한 작업에 열중했던 것이다.
결국 작년 5월이 최루탄 연기 속에 다 지나가던 날,
작은형이 압제의 쇠창살 속으로 결국 걸어갔고,
부모님은 날마다 먼 하늘만 바라보시고
밤마다 형의 이름을 부르며 애통해하셨다.
다행히 6.29라는 기만적 구속자의 대폭 석방 조치로
형은 석방되었지만
부모님과의 갈등은 여전히 해소되지 않고 있다.
열 손가락 깨물어 아프지 않은 손가락 없듯이
자식들이 차디찬 시멘트 바닥에서 신음할 때
가슴 아프지 않은 부모가 어디 있겠는가?
비록 그 아들들이 옳은 길을 가고 있음에도 불구하고.
그러나 우리는 안다.
가난 속에서 희망으로 살아왔고, 가난을 이겨내었듯이
부모님은 이 아픔을 이겨내실 수 있으리란 것을.

집회가 있는 날이면 교내는 최루탄 연기로 자욱했다.

언제나 옳게 살아가려는 사람은 거센 도전에 부딪히며 살게 마련이다.
사회 구조적인 것, 개인적인 것 등등. 하지만 나는 믿는다.
이런 것들을 슬기롭게 극복하는 사람만이
어떠한 시련에도 굴하지 않고 자신의 길을 간다는 것,
진정 자유로운 세계를 창조할 수 있다는 것을.
지금도 아버님의 눈물은 가슴 한구석에 얼룩져 남아 있다.
그러나 아픔은 순간적인 것.
아픈 상처를 치유하지 않고는 곪아 터지고야 만다는 것을 알기에
우리는 우리의 길을 가야만 하는 것이다.
주름 가득한 부모님의 얼굴에,
기름때에 젖은 우리 형제들의 두 눈에
환한 웃음이 가득한 그날이 올 때까지.

숭실대학 신문에 게재한 수필, 1987년 9월 28일자

월16일

사랑하는 형에게

박래전

해가 바뀐 지 나흘째 되는 날이다. 형이 없는 송년의 밤을 쓸쓸히 보내면서
형과 나 사이에 있었던, 그리고 주변의 것들을 생각해 보았다.
지난해는 정말 너무나 많은 충격들에 휘말려 제대로 갈피조차 잡지 못한 채
지냈던 것 같다. 3년의 공백을 가지고 복학과 변화된 상황 속에서의 갈등.
채 적응하기도 전의 또 한 번의 휴학, 형의 구속, 15일 간의 구류……
그리고 친구들의 연이은 구속 사태 등……
이런 사건들 속에서 난 무엇을 느꼈던 것일까.
사실 또 한 번의 휴학은 형의 구속으로 말미암아 일어난 일이긴 하지만
내겐 가장 큰 좌절이었던 것 같다.
그 후에 나타난 충격의 후유증이며 다시 돌아가 설 곳이 없어진 것을 직감하게 되었다.
그렇다고 뒤로 물러설 자리조차 없었고 뒤로 물러서서 명분 없이 돌아가는 것은
더욱 싫었다. 뒤로 물러설 줄 아는 것이 현명하다고 했지만
이건 기회주의자가 되라는 말에 지나지 않는다.

하나의 계기가 주어졌다고 해서 뛰쳐나가고 전망이 불투명하니
뒤로 물러서 기다리라는 것은 비겁함에 지나지 않는다.
모든 인간이 그러 했었다면 인간이 지금처럼 진보해 오지도 못했을 것이며
현재의 인간이 그러하다면 형이나 내가 바라는 사회는 진보하고 있지 못할 것이다.

모든 모순은 인간의 노력에 의해서 극복되며
대립되는 실체는 투쟁을 통해 상향의 것으로 발전시켜야 된다는 것이
사실임에야 모두가 관조자의 입장으로 돌아가선 안 될 것이다.
지난해는 눈코 뜰 사이 없이 지나가버렸다.
형이 원하던 대로의 내 모습도, 내가 원하던 모습도 갖추지 못한 채,
그렇게 보내야 했다. 그러나 후회하진 않는다.
누군가 말하더라. 이론은 중요한 것이 아니라고. - 자위는 아니다.
누구보다도 값진 경험을 축적했으니 말이다.
질경이라는 풀을 알고 있을 것이다.
옛날 임진왜란 때 일장 고니시가 지나간 길을 잊지 않기 위해
질경이 씨를 뿌리며 갔다는 것.
밟혀도 밟혀도 죽지 않는 질경이의 끈질긴 생명력은
얕은 뿌리로도 겨울의 추위까지 이겨내게 하니까.
난 쓰러지지 않는다. 밟힐 만큼 밟혔고 맞을 만큼 맞았다.
언제까지 밟히고 억눌리고만 있을 것인가. 아니다.

내겐 나의 길이 있다. 부끄러운 얼굴로 캠퍼스로 돌아갈 것이고
열심히 뛰고 부대끼며 살아갈 것이다. 비록 부모님께 또 다른 아픔을 줄지언정
내게 주어진 역사적 소명은 외면할 수 없는 것이다.
역사의 어둠 속에 밝아오는 불빛 속의 하나가 되어 함께 가야만 하기 때문이다.(중략)

1987년 1월 4일, 동생 래전 씀

너는 시인이었다

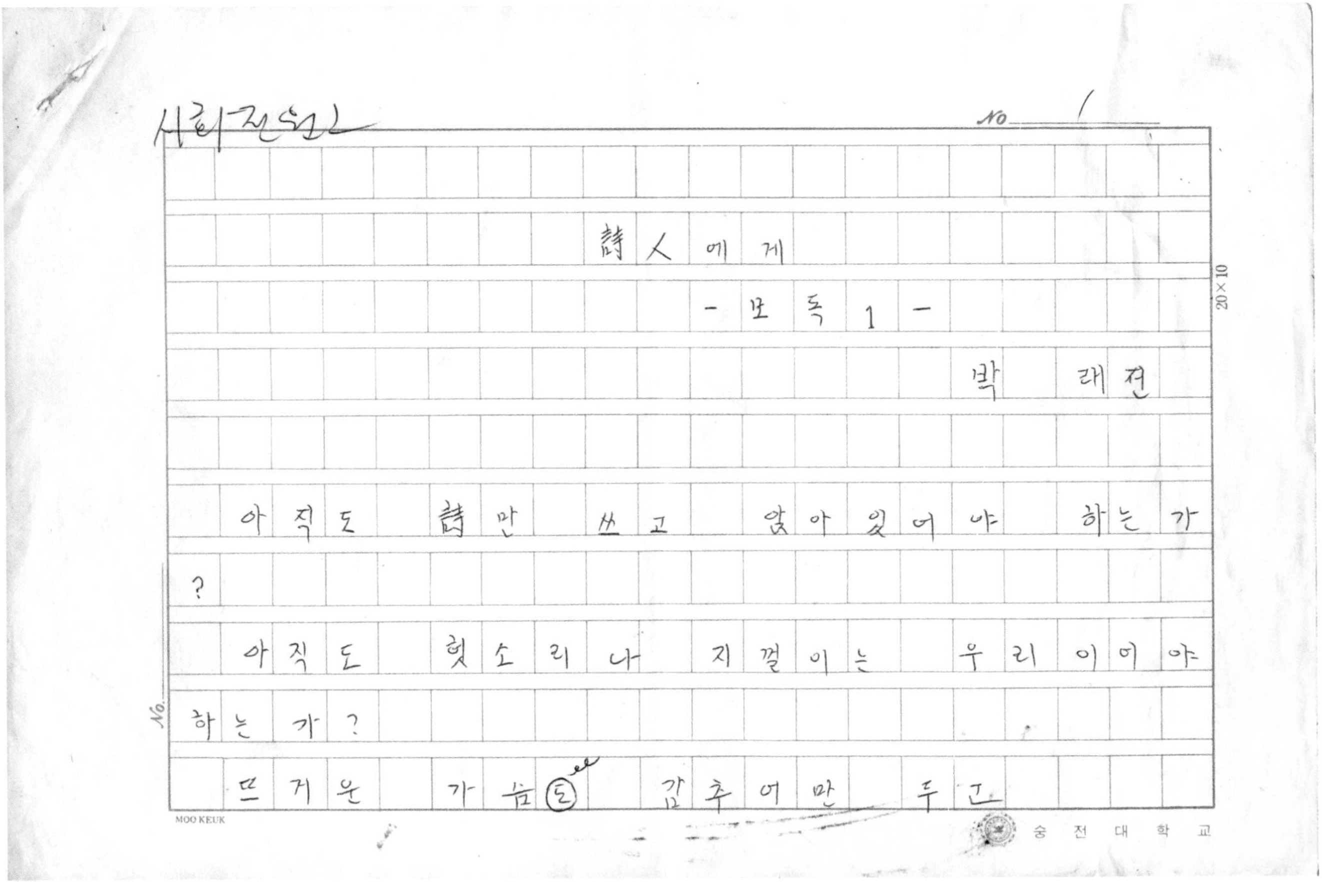
사회전선

No. 1

詩人에게

- 모독 1 -

박래전

아직도 詩만 쓰고 앉아 있어야 하는가?

아직도 헛소리나 지껄이는 우리이어야 하는가?

뜨거운 가슴도 감추어만 두고

20×10

MOO KEUK

숭전대학교

가라앉은 의식의 저편에서 손짓하는
시의 유혹을 뿌리칠 수 없다
내가 진정 원하는 것은 무엇인가.
내가 서 있는 푸르른 어둠의 실체는 과연 무엇인가.
많은 질문들을 던져보고 스스로 답을 얻어가면서
하루하루를 살아가는 것은
사는 것만큼이나 보람된 작업이다.
질문을 던지면 던질수록 가슴의 불씨는
그만큼 많은 땔감을 얻어 찬연해져 간다.

박래전, 영옥 누나에게 쓴 편지 중에서

강·2

박래전

별빛을 쪼개고 솟아오르는 소음
저녁녘의 빈 들 저 아래서
강은 또 살을 부딪힌다.
핏빛 비늘로 소스라쳐 누운 물결은
솟아오르지 않는 파도를 삭히며 잠들고
담 너머 흰 줄기
슬픔의 문 안으로 기어든다

문득
숲 뒤로 돌아서는 달 아래
강가의 상해버린 수초
물결 위로 어우러진
찌는 별빛
별빛

문학 청년으로서의 감수성이 짙게 배인 서정시

'별빛을 쪼개고 솟아오르는 소음/ 저녁녘의 빈 들 저 아래서/ 강은 또 살을 부딪힌다'는 구절은
고즈넉한 고향 밤의 정적을 깨며 소용돌이치는 강물의 이미지를 잘 포착하고 있다.
물결, 물결 끝마다 별빛을 이고 뒤채는 강물을 살 부딪히는 몸부림으로 의인화한 기법은 신선하다.
그러나 역시 이런 목가적 정경에도 불구하고 공해로 '상해버린 수초'가 넘실거리는 현실은
장차 그의 변모를 예고한다고나 할까?

- 박몽구, 유고시들에 대한 시평 중에서, 『바람일 수는 없다』, 212쪽

비

박래전

초라한 사내가 길을 간다
기다란 전신주 그림자를 밟으며
빗물에 비쳐드는 수 없는 빗줄기 속으로
비틀린 입술을 파랗게 질린 얼굴에 떠올리며
절뚝이는 웃음을 지으며
겨울비 속을 간다

— 이 비 내린 후면
살을 에는 추위가 시작되겠지
친구는 무얼 할까
차디 찬 땅속에서 모진 비를 피하며
비틀거리는 웃음을 지을까
짓눌린 붉은 흙 밑에서
내 친구는 아직도 자유를 비웃으며

넋 나간 두 눈을 부릅뜨고 있을까
지금은 알지 못하는 이가 몸을 누이고 있을
낡은 추녀 밑을 돌아
꾸부정한 사내가 비틀비틀
끝없는 도시의 빗속을 걸어간다
누렇게 뜬 얼굴에
절뚝이는 웃음을 떠올리며

고뇌하는 박래전의 자화상

「비」에 보이는 '기다란 전신주 그림자를 밟으며/ 빗물에 비쳐드는 수 없는 빗줄기 속으로' 가는 초라한 사내는 고뇌하는 박래전의 자화상으로 보인다. '차디찬 땅속에서 모진 비를 피하는' 친구들을 생각하는 순정성은 윤동주의 자화상을 연상시킨다. 그런 계산되지 않은 가슴의 불꽃이 타오르고 있었기에 그는 자신만이 아닌 이웃들의 핍박과 민족의 예속 현실 앞에서 눈을 돌릴 수 없었으리라.

- 박몽구, 유고시들에 대한 시평 중에서, 『바람일 수는 없다』, 212쪽

아버지의 고독

박래전

1
죽기 전에 내 땅에서 배불리 먹을
쌀이나 있었으면
밤낮없이 논바닥 밭이랑을 기고
여름이면 참외 토마토
짬 나면 똥장군도 져보며
유리알길 미끄러운 겨울날
뺑튀기 리어카를 끌었던
아버지

2
"이젠 땅도 있고 집도 있어요
편히 쉬면서 사세요."
"아니야.
나는 못 배웠어도 느들은 배워야 해
배워야 농사를 짓지 않지. 지겨워."
또다시 삽을 싣고
경운기를 몰았지
자식 놈들 둘씩이나 대학 보내고
함박만큼 벌어진 입, 다물지 못하시며
그래도 다칠세라
"절대루 데모하면 안 돼
데모는 빨갱이들이나 하는 거여."

3
"래군이가 구속됐대
어제 저녁 테레비에도 나온 걸."
창문에서 뛰어
(미완성)

포도밭에서 일하시는 박래전의 아버지,
돌아가시기 두 해 전인 2012년 모습이다.

어머니 말씀

박래전

어떡할려고 그러니 이노무 새끼들아
난 어떡하라고 두 형제가 다 유치장에 있어
나와라
나와서 이야기 좀 하자
어떡하란 말이냐 애들아

노량진 유치장에 면회 오신 어머님
나이 오십에
칠십 나이 겉늙은
할머니 주름 가득한
어머님

손씨

박래전

잠자리에서 듣는 소리가 있다
삐꺽거리는 발판
한 발이라도 헛디디면
곧 생활이 무너진다
가는 통나무 몇 개, 철사에 의지하고
넘어지면 안 된다
내년이면 막내가 중학교 가고
큰놈이 대학엘 간다.
그놈들만은 이 발판을 타면 안 되지
넥타이 매고 푹 파묻힌 회전의자에
빙빙 돌아가는 그런 꿈을 꾸며
오늘도 손씨는 발판을 탄다
발판보다 더 삐꺽거리는 관절의 마찰음을 내며
수십 년 타온 발판이
자식을 생각하면 높아도 낮게 보인다

밤이 새도록 불을 켜두는 이유

박래전

밤이 새도록 나는
내 방의 불을 꺼버릴 수 없습니다
그가 언제 돌아올지 모르니까요

겨울에서 봄으로 가던 날
그는 이 방을 떠났습니다
주렁주렁 매달린 연륜의 끈을 자르고
열두 시간 노동에 시달려도
십만 원에도 못 미치는 저임금 노동자가 되어
조그만 전세방을 떠났습니다

폐를 갉아먹는 실밥 부스러기나
뼈를 삭히는 독향이 좋아서는 아닙니다
조악한 노동 조건과
저임금이 좋아서는 더욱 아닙니다

그저 사랑하기 때문에
함께 웃고 함께 울고
함께 싸우기 위하여 간다고만 했습니다

아침이 올 때까지
나는 내 방의 불을 끌 수 없습니다
그가 돌아올 것이기 때문입니다
졸리운 눈 부비며 신새벽에
또는 어두운 밤에 비틀거리면서라도
돌아올 것이기 때문입니다

그가 오기까지 내 방의 불을 꺼버릴 수 없습니다
창문의 불빛을 보고 날아드는 불나비처럼
불나비를 부르며 돌아올 것이기 때문입니다

(1986·가을)

시인에게
모독·1

박래전

아직도 시만 쓰고 앉아 있어야 하는가?
아직도 헛소리나 지껄이는 우리이어야 하는가?
뜨거운 가슴 감추어 두고
핏발 선 눈빛도 가리워두고
종잇장이나 메우면서 이 세월을 보내야 하는가?

풀빛은
4월에서 5월로 푸르러만 가는데
곰팡내 풍기는 시만 쓰고 앉아 있을 것인가?

시는 시이니 시를 떠나서 어떤 세계가 존재하리오만
세계 속에 시가 있는 것이냐?
시 속에 세계가 있는 것이냐?

아니다
모두가 부질없는 장난이다
할 일 없는 놈팽이들의 지껄임이다

두 손에 4월을 움켜쥐고
5월의 칼에 맞은 혼들이 부르는데
그 아우성이 살아나는데
시멘트 바닥을 적시던 핏방울들이 울부짖는데
넌 아직도 시만 쓰고 앉아 있을 것이냐?

버터덩어리들이 핵폭탄이 되어
버섯구름 아래 나라가 있고
쪽바리들 열심히 끄는 쪼오리에
깡마른 형제들이 있는데
개들은 쉴 새 없이 짖어대는데
넌 아직도 시만 쓰고 있어야 할 것이냐?

(1986 · 봄)

반도의 노래

박래전

너희들이 원한다면
내게 불을 붙여다오
조각나고 야위었을지라도
마른 장작이 더 잘 타는 것
내 배를 탄 백성이 원한다면
자! 불을 붙여다오
남도의 전봉준이가 살랐던,
기미년 유관순이가 붙였던 불
이국 땅 시베리아
모진 눈보라를 녹이고 훨훨
타오르던 불
60년 4월 다비데들이 붙이고
70년 전태일이가 붙였던 불
김경숙이가 붙이고
사북에서 타오르던,
삼남의 시민들이 피로 태운 불
종만이, 기일이, 영진이, 세진이, 재호, 동수…
수없이 붙여 타오르던 불을

자! 내게도 붙여다오
야윈 몸뚱아리 재가 되어
이 땅의 백성이 기름질 수 있다면
머지않아 다가올
아침의 광명이 조금 더 빛날 수 있다면
자! 불을 붙여다오

(1986·여름)

바람일 수는 없다

박래전

바람일 수는 없다
한번 불어 흙먼지 일으키고
사라져가는 바람일 수는 없다

마른 땅에
떨어지는 빗방울일 수는 없다
땅 적시고 마르는
빗방울일 수는 없다

바람이려거든
한번 불어 북새풍을 쓸어가는
그런 바람이거라
그런 바람이거라

물이려거든
끊임없이 솟아나는 샘이거라
목마른 자, 메마른 땅
쉬임없이 적시는 그런 샘이거라

패랭이의 노래

박래전

밤이 모질어도
꽃을 피워야만 한다
여린 숨결 한 조각
가쁜 신음까지도
아직 동트지 않은 새벽에
꽃으로 피워야만 한다
황토밭 머리 한구석에
미처 눈감지 못한 넋들의
서러운 부활을 위해
꽃이 되어야만 한다
배징개의 정기와
밤이슬만으로 자라나
이 역겨운 새벽에
꽃으로 피어야 한다
때꼴산 뒤에 숨은 햇살
마음껏 끌어올리는
온실의 카네이션보다 고운
꽃을 피워야만 한다

영결식을 마친 후 시청으로 가는 노제 행렬

너무 이른

가을

몸을 비틀며 피어나는 겨울꽃

박래군
박래전의 둘째 형, 인권재단 '사람' 소장

며칠 뒤 당시에 글 쓴다고 나가고는 했던 세계출판사로 전화가 왔다.
"형, 오늘이 내 생일이잖아. 잊었어, 형?"
변함없이 목소리에는 반가움이 그득 묻어났다.
순간 나는 당황했다. 동생의 생일을 까마득히 잊고 있었기 때문이다.
"잊기는. 그렇잖아도 연락하려던 참이었어. 미역국은 먹었냐?"
시치미를 떼고 그렇게 말했지만 아마도 눈치챘을 거라고 생각했다.
며칠 뒤에 학교에 한번 찾아가겠다고 하고는 전화를 끊었다.
그게 지상에서 들은 동생의 마지막 목소리였다.

그리고 6월 5일 새벽 4시, 아니면 5시나 됐을까.
전화 왔다고 주인집 아주머니가 잠자는 나를 깨웠다.
전날 밤 병원에서 의문의 죽음을 당한 고정희 선배의 영안실에서
소주 한잔하고 늦게 들어와 잠자던 나는 잠결에 전화를 받았다.

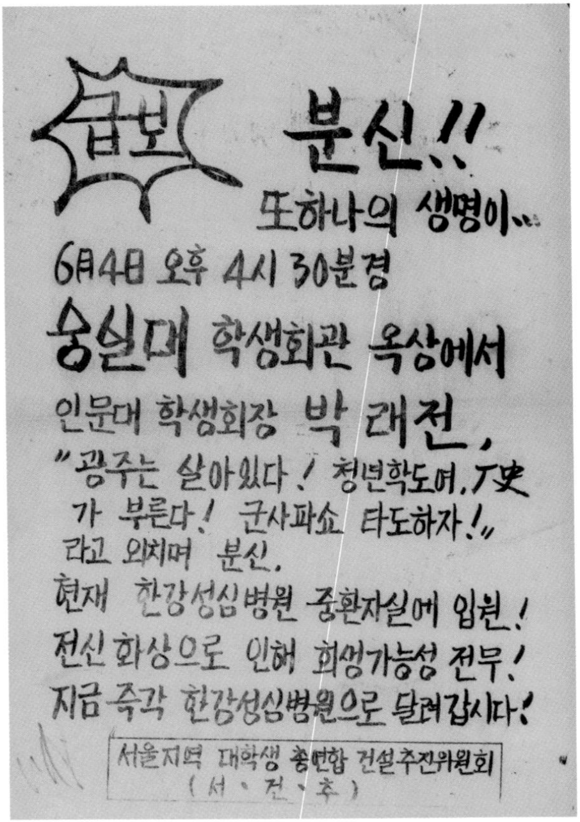
급보

분신!!

또하나의 생명이…

6月4日 오후 4시 30분경

숭실대 학생회관 옥상에서

인문대 학생회장 박 래전,

"광주는 살아있다! 청년학도여, 歷史가 부른다! 군사파쇼 타도하자!"

라고 외치며 분신.

현재 한강성심병원 중환자실에 입원!

전신 화상으로 인해 회생가능성 전무!

지금 즉각 한강성심병원으로 달려갑시다!

서울지역 대학생 총연합 건설추진위원회

(서·건·추)

분신 소식을 알린 당시 유인물

"래군이냐. 너 뭐하고 다니는 거야.

여기 빨리 와, 래전이가……."

형은 말을 맺지 못했다. 뭔가 큰일이 났다는 생각에 정신이 번쩍 들었다. 래전이가 어제(6월 4일) 분신했고, 영등포 한강성심병원에 입원했다는 말을 전화를 바꾼 친척 형이 전해주었다.

안양에서 영등포까지 택시를 타고 달리는 중에도 믿지 못했다.
꿈을 꾸는 것만 같았고, 꿈에서 헛소리를 들은 것만 같았다.
제발, 제발, 믿지도 않는 신에게 기도하면서 달려갔다.
이미 병원 앞에는 학생들을 비롯해 병원을 지키는 많은 이들이 있었다.
나를 발견한 선배가 나를 곧장 중환자실로 데리고 올라갔다.
아, 거기 동생이…… 래전이가……
온몸에 칭칭 붕대를 동여맨 채로 누워 있었다.
가쁜 숨을 내쉬면서, 형이 왔는데도 알아보지도 못하고, 말도 못하고,
산소호흡기를 달고, 주렁주렁 링거를 달고, 침대 위에 누워 있었다.
정말 저게 래전일까, 손을 잡았는데 얼음장처럼 차가웠다.
심전계의 녹색 그래프는 위아래로 급하게 요동치고 있었다.
믿을 수 없는 광경이 펼쳐졌다. 쓰러지려는 나를 선배가 부축해주었다.
겨우 병실을 빠져 나와 선배가 주는 담배를 피우는데
목울대가 너무 아파서 담배 연기를 넘기기도 힘들었다.
그때 선배가 내미는 것, 유서였다.
나중에 보라면서 네가 정신 차려야 한다는 선배의 말에
그저 의미 없이 고개를 끄덕였다.
유서를 펼쳤지만 눈앞이 흐려서 볼 수가 없었다.

아버지는 나를 보자마자 대성통곡이었다.
"래군아, 어떡하냐…… 이놈들아,
내가 니들을 뭐하려고 공부시켰냐!
도대체 그까짓 운동이 뭐라고!"

통곡하시는 박래전의 아버지, 박순순

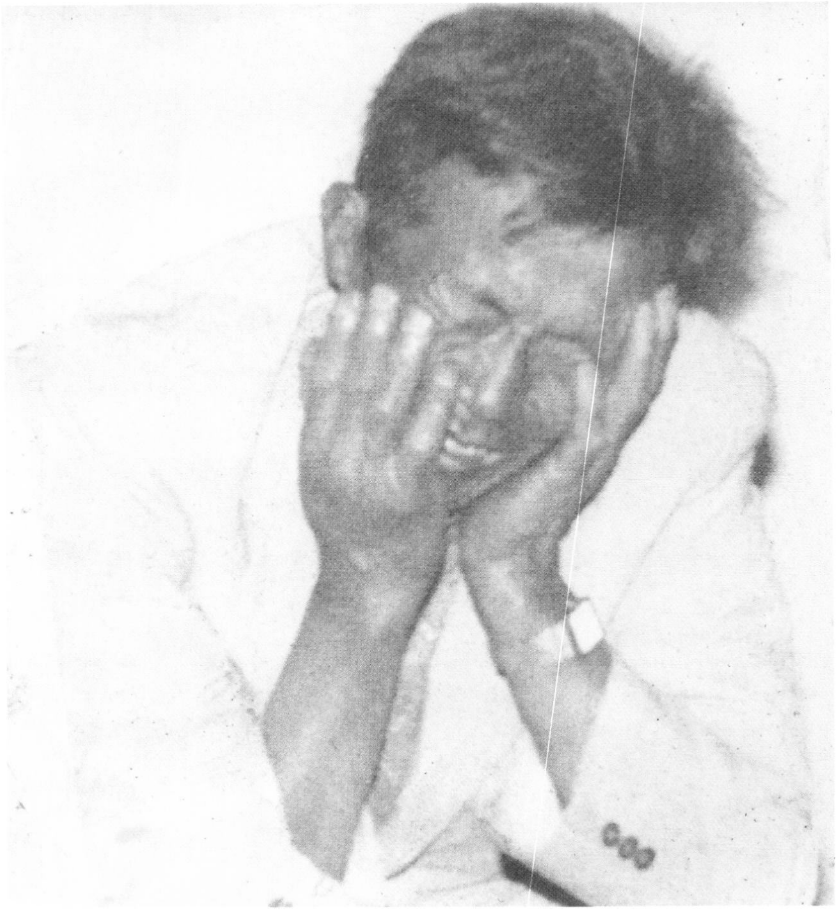

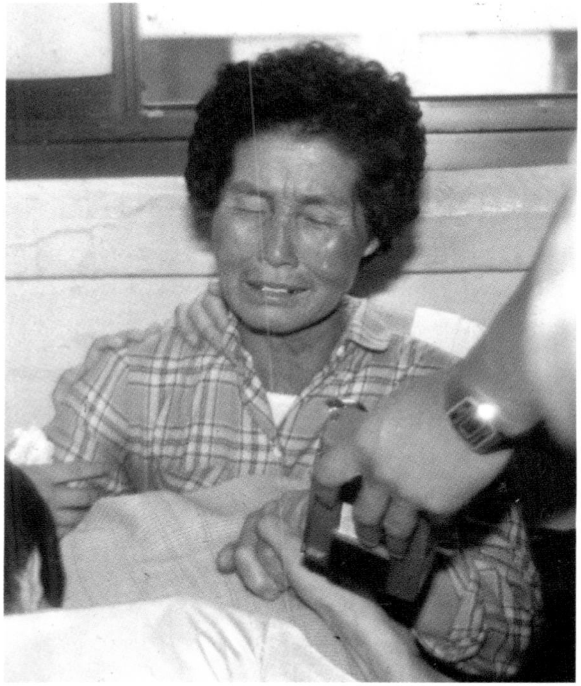

애통해하시는 박래전의 어머니, 김근순

실신한 어머니는 링거를 꽂고서 내 손을 잡고 울기만 했다. 나는 입술을 꼭 깨물었다.
울지 말자, 내가 정신 차리자, 래전이는 안 죽는다. 내가 흔들리면 안 된다.
어머니와 식구들은 연락이 안 되는 내가 수배라도 당하지 않았나 걱정을 했다고 한다.
어머니는 병실에 들어가서는 동생의 손을 잡고는
"래전아, 장하다! 정말 장하다! 어서 일어나라! 일어나서 엄마랑 같이 싸우자!
이 에미는 너를 다 이해할 수 있다. 엄마도 이제부터 너랑 같이 싸우마! 어서 일어나라!"
고 말씀하셔서 주위 사람들을 울렸다고 했다.

화상의 고통 중에도 구호를 외치기도 했다는데
내가 간 뒤로는 동생은 입을 열지 못했다.
우리 가족들이나 병원을 지키던 사람들의 바람과는 달리
동생은 가망이 없었다.
더 이상 호흡기로도 생명을 유지할 수 없는 지경이었다.
의사가 준비, 그놈의 준비를 하라고 했다.
6월 6일 낮 12시 23분, 동생의 생명을 연장하던 호흡기가 제거되고,
녹색 그래프를 그리던 계기판이 삐익, 심하게 소음을 냈다.
나는 동생에게 한마디도 못 했다.
화상의 끔찍스런 고통에서 벗어나는 게 죽음이라니.

어떻게 일주일을 견뎌냈는지 지금 생각해도 모르겠다.
많은 사람들이 조문을 왔고, 범국민장례위원회가 꾸려졌고,
모든 절차가 진행되는 과정에 유가족 대표로 일들을 진행했다.
정신 없는 나날 속에서 이소선 여사를 비롯한 유가족들을 만났다.
그분들은 우리 어머니에게 용기를 주는 말을 해주었다.
백기완 선생님이 찾아와 울었다. 이 못난 늙은이가 너를 죽였다고도 했다.
그런데 모두가 연극인 것처럼 여겨졌다.
지금 나는 무대 위에 올라가 대본에 쓰인 대로 연기를 하는 중이라고.

어느 날 새벽에 술을 먹다가 분향소를 찾아갔다.
대형 분향소 뒤에 관이 있었다. 동생이 누워 있었다.
퍼뜩 관에 드라이아이스를 채운 게 생각났나 보다.
내 상복 윗옷을 벗어서 관 위에 덮어주었다. 춥지? 이거라도 입어.
그리고 담배를 피워 물고는 담배 줄까? 그러다가 관 옆에 누웠다.
편안했다. 나도 거기서 잠자고 싶었다.
녀석이 나를 와락 끌어안고 무거운 다리를 내 배 위에 올려놓을 것만 같았다.
내 동생이 죽었다고? 천만에. 이렇게 우리가 같이 있는데.
정말 믿을 수 없는 날들이 지나갔다.

분향소가 설치된 교내 채플

그리고 6월 12일, 학교에서 출발한 장례행렬은 시골집을 들렀다.
동네 어른들까지 나와서 동생을 눈물로 맞아주었다.
시골에서는 못 보던 광경이었다.
텔레비전으로 본 이한열 열사 때의 장례 행렬 같은
거창한 장례를 구경 나온 이들도 있었다.
그런 중에 내 귀에 꽂히는 한마디.
"대학 갔다고 좋아하더니, 이 집은 거덜났구먼."
당시는 분위기 험악해질까 봐 아무 말도 안 했지만,
지금도 그 목소리의 주인공을 기억한다.

1988년 6월 12일, 발인 후 정든 학교를 떠났다. (© 박용수 · 민주화운동기념사업회)

고향에서의 노제 행렬 (© 박용수 · 민주화운동기념사업회)

모교인 송산종합고등학교에서의 노제 (© 박용수 · 민주화운동기념사업회)

서신중학교 노제에서 발언하는 둘째 형, 박래군

그리고 초등학교, 중학교, 고등학교를 차례로 돌았다.
그런데 중학교나 고등학교에는 래전이를 기억하는 선생님들이 있을 텐데 아무도 나와 보지 않았다. 나는 뭐가 무섭냐고, 제자 마지막 가는 길을 배웅도 못 하는 게 무슨 선생이냐고 마이크를 잡고 악다구니를 쳤다.

모교인 서신중학교에서의 노제

광화문 경희궁터(지금의 서울역사박물관)에서 장례식을 갖고,
시청을 거쳐서 대학로까지 행진을 한 뒤에 마석 모란공원에 갔다.
전태일 열사의 묘지 옆에 안장했다. 동생을 묻으면서 울음을 참고 다짐을 했다.
'래전아, 네 몫까지 내가 할게. 네가 바라던 민중의 새 세상 만들 때까지
독하게 맘먹고 싸울게. 그때까지 절대 울지 않을게. 이제 저 세상 가서 지켜보거라.'

그해 산밭의 참외는 어느 해보다 잘 열렸고 맛이 좋았다.
래전이의 죽음으로 충격을 받은 숭실대 후배들이 집에도 찾아오고,
나도 숭실대를 찾아가면서 술만 먹으면 우는 그들을 달랬다.
집에서는 아버지도 술만 먹으면 울었고, 어머니도 걸핏하면 먼산바라기하면서 울었다.
어머니는 한동안 대문을 잠그지 못했다. 래전이가 올지도 모른다고 했다.
언제고 껑충한 키에 환한 웃음 짓고 대문을 밀치고 들어와
"엄마, 나 왔어!"그러면서 와락 껴안고 얼굴을 부빌지도 모르니까, 기다린다고 했다.
나도 한동안 정신을 차릴 수가 없었다.
어떻게 스물여섯 해를 살 부비며 같이 살았던 동생의 죽음을 받아들일 수 있을까.
동생의 부재는 장례식이 끝난 뒤에 혼자 있을 때 확인되고는 했다.
혼자 있는 시간이 두려웠다. 사망확인서를 떼어서 신고를 할 때도 실감을 못 하다가
혼자 있는 시간이면 불현듯 래전이가 없지, 이런 생각이 들고는 했다.
길을 가다가 껑충하게 키 큰 청년을 보고는 달려가서
"래전아!"하고 부른 적도 몇 번이었다.
어디선가 "형!"하는 소리에 돌아보면 거기에는 아무도 없었다.
유가족에게는 장례 이후가 더 심한 고통의 시간이라는 걸 알았다.

『사람 곁에 사람 곁에 사람』(박래군, 클, 2014) 89-93쪽

모교인 송산종합고등학교를 떠나며 (© 박용수 · 민주화운동기념사업회)

순수한 열정을 지닌 그대여!

이은경
박래전의 후배, 국문과 86학번

'연연히 꿈도 설워라. 물이 드는 이 산하'
써클실을 소주 냄새로 가득 채우면서 나지막이 부르던 진달래.
지치고 울적한 마음이면 무심코 벌이는 술자리에서
형은 매번 서글프고 애절한 진달래를 불렀다.
후배들과 장난도 잘 치고 농담도 잘 주고 받았는데
노래를 부르는 형의 얼굴은 말할 수 없이 침울했다.
형의 가슴에 남모르게 쌓여진 울분 때문이었을까.
어렴풋이 알고 있는 형의 지난날,
몸이 편찮으시다는 부모님 생각을 하신 탓일까.
갑자기 학교에서 모습을 보이지 않는 형의 행방을 묻다 보면
ｘｘ경찰서에 감금되어 있다는 소식을 들은 것도
불과 2년 동안 몇 번이었는지 모른다.

고향에서 노제를 지내고 경희궁터에서 민주국민장

집으로 돌아가는 길목에서 난데없이 덤벼들어
연행해 가기 일쑤였던 형사들은 형의 어깨를 두들기며
“래전이 임마, 이젠 부모님 생각도 해야지.”하며
고양이 쥐 생각하더니 깡마른 몸에 심한 구타를 해댔다.
채 걷지도 못하고 비틀대는 형을 보며
우리는 한마디 걱정스러운 말도 건네지 않았다.
형의 잦은 불운이 우리에겐 너무 익숙했었던 것이다.

후배인 까닭에 무조건 받는 것이 더 많았고
적어도 선배라면 그 정도는 버텨야 된다고 생각한 점도 있었다.
그래도 아주 가끔씩은
형! 요즘 몸 아프지 않아요, 괴로운 일은 없으세요,
물어볼 엄두도 내지 못했다.
그러나 단 한 번도 형은 우리들 앞에서 울지 않았다.
x x 야, 난 이렇게 괴롭단다라며 하소연도 한 적이 없었다.

영결식을 마치고 경희궁에서 시청으로 향하는 노제 행렬

형은 참으로 묵묵히 싸우고 있었다.
끊임없는 내부의 갈등과
현실의 적에 대항해서 투쟁하고 있었다.
우리들이 잠시 주춤거리며 넋을 놓고 있을 때
많은 투쟁시들을 써냈고
당장 해야 될 일들에 실수 없이 철저했다.
그럴 때마다 나는 그것을 열정이라고 보았다.
아무리 피곤하고 절망적인 상태에서도
다음날 아침이면 지금 나는 무엇을 해야 한다는 생각이
머릿속에 가득찬 형.
그 순수한 열정은 형의 몸을 휩쌌던 불길보다
더 뜨거웠다고 생각한다.
자주 내게 형이 직접 쓴 시들을 보여주며
어떠니? 하고 씩 웃으며 물어오던 형의 얼굴이 생각난다.
더운 투쟁 열기가 확확 내뿜어지던 손때 묻은 형의 원고도.
형이 정말 보고 싶다.

시청으로 가는 노제 행렬 (© 박용수 · 민주화운동기념사업회)

오늘은 형이 차가운 땅속으로 향하는 날.
‘불꽃으로 불꽃으로 타오를 그대의 자리는 여기’를 부르던
형의 낮고 투박한 목소리.
열띤 토론과 운동에 대한 확신의 언어가 듣고 싶다.
떠나기 전의 형이 보고 싶다.
그래, 오늘은 형이 남긴 유서 속에서 형을 기억하자.
‘어두운 시대에 태어나 참인간이고자 했던 작은 사람의 아들’을 기억하자.
래전이 형은 우리들의 기억 속에서
보고 싶을 때마다 의지가 약해질 때마다
볼 수 있는 불꽃이 반드시 될 것이다.

숭실대학 신문에 게재한 추모글, 1988년 6월 12일자

묘소인 마석 모란공원으로 가는 운구 행렬
(© 박용수 · 민주화운동기념사업회)

유서 1
어머님, 아버님께

천하의 몹쓸 불효자 막내가 드립니다. 이제 두 분의 곁을 떠나려 함에 가슴이 미어집니다.
저를 길러주신 두 분, 피와 살을 나누어 저를 애지중지 길러주신 두 분, 두 분께 분명 저는
몹쓸 불효자입니다. 그러나 어머님, 아버님, 저는 두 분의 곁을 떠나지 않을 수 없습니다.
제가 아니면 더 많은 어머님, 아버님들의 가슴을 에이게 할 것이기 때문입니다.
많은 사람들이 죽어갔습니다. 불을 지르거나 몸을 던지면서 죽어갔습니다. 얼마나 더 많은
사람들이 죽어갈지도 모릅니다. 그들의, 더 많은 사람들의 죽음을 막기 위해서라도 저의,
사랑스러운 두 분의 아들의 목숨을 민주의 성단에 바쳐야 합니다.
지금 이 땅엔 노태우 군사 독재 정권이, 8년 전 광주에서 우리의 형제, 친지들을 찢어 죽였던
칼날을 가슴에 품고 또다시 피바람을 불러일으키려 음모를 진행시키고 있습니다. 진정으로
하나뿐인 사랑하는 조국 한반도는 분단의 원흉 미국에 의해 두들겨 맞고 칼부림당해
멍들어가고 있습니다. 어머님, 아버님과 같은 이 땅의 부모들은, 두 분의 아들 같은 이 땅의
아들 딸들은 이러한 폭정의 발톱에, 살인마들의 만행에 피를 빨리며 야위어가고 있습니다.
지금까지 죽어간 사람들은 어두운 세대, 세상을 잘못 만난 죄로, 아니 세상을 바로잡으려
온몸을 던졌던 것입니다.
그러나 어머님, 아버님. 안타깝게도 먼저 간 친구들의 죽음은 많은 사람들에게 외면당하고
아까운 목숨만을 던진 결과를 초래했습니다. 어머님, 아버님, 그 사람들은 진정 어머님,
아버님 같은 사람들이 잘 사는 세상. 래권이, 작은 엄마 같은 사람이 사람답게 사는 세상,
모두가 사람답게 살아가는 세상을 만들기 위해 죽어갔던 것입니다. 그런데도, 그런데도,

외면당하고 말았습니다.
어머님, 심장병에 시달리시면서도 자식들을 위해 일하시는 어머님.
아버님, 다리가 썩어들어가도, 환갑이 넘어서도 일하시는 아버님.
저는 두 분 곁으로 돌아갈 계획을 가지고 있었습니다. 올해로서 대학생활을 정리하고
고향으로 돌아가 두 분 모시면서 고향에서 올바른 뜻을 펴고자 했습니다.
그러나 사람들은, 지독히도 더러운 세상은 그 뜻마저도 이렇게 만들지 않으면
안 되게 하였습니다. 왜지요? 사람들은 너무나 자기 잇속만 차립니다.
기성세대들도 마찬가지고 청년학생들도 역시 그렇습니다. 다음의 세대에
우리들의 세대와 같은 비극이 닥쳐오리란 생각들을 꿈에도 하지 않은 채 말입니다.
어머님, 아버님. 이 시대의 군부독재는 우리의 손으로 깨부수지 않으면 안 됩니다.
또한 미국 놈들을 몰아내지 않으면 통일은 불가능합니다. 어머님, 강하게 사세요.
비록 자식은 떠나지만, 제가 원했던 세상을 보기까진 절대 눈감지 마세요.
아버님, 엄하셨지만 다정했던 아버님, 건강하세요. 썩어들어가는 다리도 고치셔야죠.
절대로, 절대로 저의 죽음을 비관하지 마세요. 지금은 슬프시겠지만 제가 원하는
그날이 오면, 두 분 부모님. 아니, 그날이 오기까지 힘드시더라도 눈감지 마세요.
어떻게든 살아서 아들과 함께 싸우는 이 땅의 어머님, 아버님이 되세요.
절대로 목숨을 버리시면 안 됩니다. 어머님, 아버님, 모질게 먹은 마음이라
눈물조차 흐르지 않아요. 어머님, 아버님, 안녕히.

6월 2일 불효자 막내 드림

모이자!!
12시 구 서울고(경희궁터)
오후 3시 시청앞으로
민중해방열사 故 박래전 민주 국민장
날짜 : 광주항쟁9년 6월 12일
시민집결장소 : 오전 12시 구서울고(경희궁터)
및시간 : 오후 3시 시청앞으로
주최 : 민중해방열사고 박래전 민주국민장 장례위원회
장지 : 경기도 마석 모란공원
『민주열사운구행렬』
숭실대(발인 오전6시)→사당동→군포→분향(송산고모교)→생가(경기·화성 서신)→서신중학교→서울도착→영등포로타리→여의도→마포→장례식장(구 서울고 오전 11시)→썽풀이(시청앞 광장 오후3시)→종각→안국동로타리→성대→대학로→종로5가→청량리→장지도착(마석모란공원 오후 10시 도착)
열사의 뜻이어 군사독재 타도하자

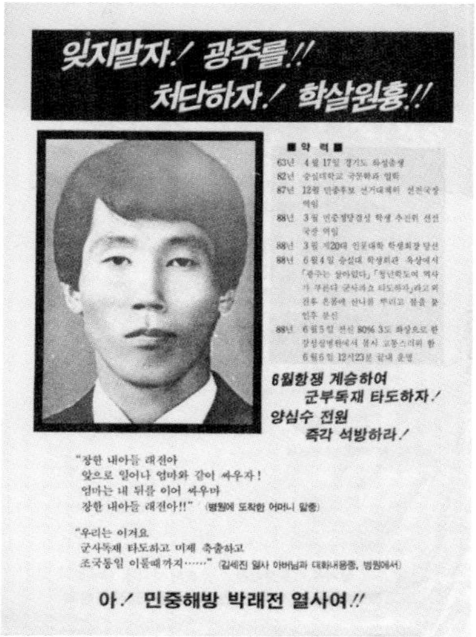
잊지말자! 광주를!!
처단하자! 학살원흉!!
■ 약 력 ■
6월항쟁 계승하여
군부독재 타도하자!
양심수 전원
즉각 석방하라!
"장한 내아들 래전아
앞으로 일어나 엄마와 같이 싸우자!
엄마는 네 뒤를 이어 싸우마
장한 내아들 래전아!!" (병원에 도착한 어머니 말중)
"우리는 이겨요
군사독재 타도하고 미제 축출하고
조국통일 이룰때까지……" (김세진 열사 아버님과 대화내용중, 병원에서)
아! 민중해방 박래전 열사여!!

장례 때 쓰인 유인물

네가 떠난 후

겨울

형이 그립습니다

문재호
박래전기념사업회 회장

"광주는 살아 있다. 끝까지 투쟁하라,
청년학도여 역사가 부른다. 군사 파쇼 타도하자!"
벌써 29년이 흘렀습니다. 너무나도 조국을 사랑했고,
참된 민주주의와 인간다운 민중의 삶을 고민하던 청년 박래전이
스스로의 몸을 불살라 얼어붙은 세상의 횃불이 되고자 했던 1988년…….
그로부터 세월은 물 흐르듯 흘러갔지만 세상은 아직 어두운 곳이 많고
뜨거운 여름을 겨울처럼 살아야 하는 이웃들이
무참하게 내쫓기거나 짓밟히고 있습니다.
대학에 입학해서 형을 처음 만났던 1986년,
형은 참으로 여리고 어눌했지요.
운동권이라기보다는, 차라리 갓 상경한 시골 촌부처럼
수줍음 많고 말주변 부족한, 시인을 꿈꾸는 낭만주의자였습니다.
서울 지리에 서툴러 버스 한번 갈아타는 것조차 어려워했고,
흙 묻은 신발에 밟히던 흔한 풀잎조차 안타까워했었지요.

1994년 6월 2일, 불꽃이 되었던 학생회관 옥상이 바라다보이는 도서관 옆에 숭실대 동문 선후배들이 추모비를 세웠다

1988년 6월 12일, 박래전 마석 모란공원에 잠들다.

그런 형이 스스로 몸에 불을 붙였다는 소식을 들었을 때,
뭔가 잘못되었다는 생각에 망연해야 했습니다.
머지않아 형의 곁으로 가게 된다면
왜 그런 모진 선택을 했느냐며 따지고 싶고 화를 내고도 싶습니다.
대학 졸업하면 고향으로 가 농사를 지으며 시를 쓰고 싶다던 형 아니었습니까?
운동은 머리로 하는 것이 아니라 가슴으로, 열정으로 하는 것이라고,
신념보다 사랑이 먼저라며 훗날 원 없이 막걸리 먹여주겠다던 형이었잖습니까?

박래전이 떠나간 후 학내 투쟁 모습

아마도 그랬겠지요.
형이 남겨놓은 말처럼 형을 마지막으로 더 이상의 죽음과 더 이상의 갈등이 없기를,
그리하여 참된 민주주의와 통일의 세상이 오기를 바랐던 것이었겠지요.
미움만큼 그리움이 자라고, 이 세상 그리운 것들은 모두 사라지고 있습니다.
사람들은 너무도 바쁘고 그만큼 자기를 보호하기 위해 타인을 배려하지 않습니다.

형처럼 느릿한 걸음을 찾아보기 어렵습니다.
형처럼 다정하게 후배들을 부르는 목소리를 들을 수 없습니다.
형만큼 시를 사랑하는 사람을 만나기 어렵습니다.
그래서 더더욱 형이 그립습니다.

추모제 기간 중 박래전 사진전

추억이란 눈물을 이끌고, 용서를 불러오므로 더 이상 추억하지 말자고 다짐하지만
언제나 유월이 오면 형을 추억하게 됩니다.
그러는 사이 세상은 형이, 우리가 꿈꾸었던 것과는 다른 곳으로 달려가고 있습니다.
이렇게 형을 추억만 하는 동안 발목엔 보이지 않는 사슬이 채워지고
마음 속엔 얄팍한 욕망의 꽃이 피어납니다.
기일 날 하루 형을 추억했다는 것만으로 스스로를 위로하고 고개를 끄덕입니다.
형이 우리들에게 당부한, 역사의 복판에서 내린 준엄한 명령이
흐릿해지고 지쳐가는 탓이겠지요.
죽어가는 마지막 순간까지도 잊지 않던, 광주의 진실이, 의문들이 아직 남겨졌으며,
형이 가신 후로도 수많은 사람들이 역사의 제단에 목숨을 뿌렸습니다.
어린 학생들이 어이없는 죽음을 맞이할 동안 위정자는 얼굴 한번 내비치지 않았고,
국민들의 분노가 촛불로 타오르는데도 권좌에서 내려오지 않으려고 억지를 부립니다.
인간다운 삶을 외치는 노동자들이 여전히 거리에서 내쫓기고,
인권을 말하는 자에겐 차디찬 감방이 기다리고 있습니다.

박래전이 남긴 시 40편을 엮어 유고 시집 『반도의 노래』를 1988년 8월 도서출판 '세계'에서 발행하였다.
박래전의 생애를 정리한 약전 『바람일 수는 없다』는 떠난 지 10년 만인 1998년 6월에 발행되었다.
박래전의 후배 문재호가 썼다.

많은 사람들이 우리에겐 힘이 없다고, 희망이 보이지 않는다고들 합니다.
어쩌면 그럴지도 모릅니다.
우리에겐 권력도, 법도, 정치도, 제도조차도 허락되지 않습니다.
하지만 돌이켜보면, 언제는 우리에게 힘이 있어서,
희망이 보여서 꿈틀거렸겠습니까?
살아야 하니까, 진정으로 살아 있어야 했기에
미미한 심장박동이나마 두근거렸던 것이 아닐는지요.
형은 죽어서 살아 있는데,
우리들은 살아서 죽은 존재들이 될 수는 없는 노릇이지요.

박래전은 학교를 마치지 못했으나 1990년 2월 졸업생들이 명예졸업식을 거행하고 위로, 기억하였다. (ⓒ한겨레 신문)

형, 조금만 더 기다려주세요.
형은 느긋한 사람이었잖아요.
닦달하지도, 몰아세우지도 않았었잖아요.
언제나 후배들이 스스로 깨닫고
스스로 성장할 수 있도록 배려해주던 사람이었잖아요.
어렵고 힘겨운 싸움이지만
진보진영이 많은 시민들에게 지지를 받고 있고,
못난 선후배들이지만 형의 뜻을 이어가려고
매년 유월에는 형의 묘역에 모여 조촐한 행사를 치르고
뜻있는 뒤풀이 자리를 마련하고 있습니다.
형도 보셨잖아요.
비록 형의 모습과 목소리를 뚜렷이 기억하지 못하더라도
형이 당부했던 유언들, 형이 죽음으로까지 지키고자 했던
역사의 진실과 의무를 밝히고 짊어지려고 노력하고 있음을.

매년 6월 6일, 묘소인 마석 모란공원에서 추모제를 지낸다.

래전 형, 형이, 세찬 눈보라만이 몰아치는 나라에서
그래도 몸을 비틀며 피어나는 꽃이었듯이
우리들 역시 꿈틀대며, 꿈틀대며, 기어이 피어나는 목숨꽃이 되어
세상을 참된 민주주의와 민중 해방, 통일의 화단으로 꾸며놓을 겁니다.
그때는 우리 곁으로 내려와 원 없이 막거리 잔 부딪치며
형이 부르는 농민가를 함께 부르게 되겠지요.
그때까지는 절망하거나 좌절하는 일 없이 한 걸음씩 나아갈게요.

『그들의 광주』(김철원, 한울, 2017) 371~373쪽

매년 6월 학교에서는 추모식이 진행된다.
장례식 때 그린 대형 걸개 그림은 20여 년 동안 추모식 때마다 쓰였다.

2007년 6월 박래전의 유가족은 민주화 운동 보상금을 인권재단 '사람'에 기탁했다.
그 뜻을 살린 '박래전 인권기금'이 조성되었고 인권재단 '사람'에 '동화' 도서관이 만들어졌다.

김창섭 기념비

박현민, 이상열 동상

<숭실의 열사들>

김창섭

1956년 사학과 입학, 1960년 4.19 혁명 당시 선두에서 싸우다 총상을 입고 운명

박현민

1986년 숭실대 영문과 입학, 기독교 학생회, 총학생회 활동을 하면서 민주화 운동에 헌신하다 과로로 운명

이상열

1987년 숭실대 화공과 입학, 야간강좌 부총학생회장으로 민주화 운동에 헌신하다 과로로 운명

1990년부터 이어져온 민족민주 열사 희생자 범국민 추모제

래전아 대통령이
문재인 부르시는 거
네 이름 들었지!
우리 만날 때까지
열심히 잘 살자^^
사랑한다 박래전!

긴 겨울 지나

다시 봄

너의 이름을 불러주어

저는 오늘,
오월의 죽음과 광주의 아픔을 자신의 것으로 삼으며, 세상에 알리려 했던
많은 이들의 희생과 헌신도 함께 기리고 싶습니다.

1982년 광주 교도소에서 광주 진상 규명을 위해 40일 간의 단식으로 옥사한
스물아홉 살 전남대생 박관현.
1987년 '광주 사태 책임자 처벌'을 외치며 분신 사망한
스물다섯 살 노동자 표정두.
1988년 '광주 학살 진상규명'을 외치며 명동성당 교육관 4층에서 투신 사망한
스물네 살 서울대생 조성만.
1988년 '광주는 살아 있다'외치며 숭실대 학생회관 옥상에서 분신 사망한
스물다섯 살 숭실대생 박래전.

수많은 젊음들이 5월 영령들의 넋을 위로하며 자신을 던졌습니다.

책임자 처벌과 진상 규명을 촉구하기 위해 목숨을 걸었습니다. 국가가 책임을 방기하고 있을 때, 마땅히 밝히고 기억해야 할 것들을 위해 자신을 바쳤습니다. 진실을 밝히려던 많은 언론인과 지식인들도 강제 해직되고 투옥당했습니다.

2017년, 문재인 대통령의 5·18 광주민주화운동 37주년 기념사 중에서

다시 맞은 봄

김학규
(사)민주열사박종철기념사업회 사무국장

문재인 대통령은 지난해 5월 18일 5·18 민주화운동 37주년 기념식에서 “5월의 죽음과 광주의 아픔을 자신의 것으로 삼으며 세상에 알리려 했던 많은 이들의 희생과 헌신도 함께 기리고 싶다”면서 박래전 열사를 비롯하여 박관현·표정두·조성만 열사를 호명했다. 문 대통령은 “국가가 책임을 방기하고 있을 때, 마땅히 밝히고 기억해야 할 것들을 위해 자신을 바쳤다”며 박래전 열사를 비롯하여 광주의 진실을 알리기 위해 자신의 몸을 던졌던 열두 분의 희생을 기렸다. 겨울꽃(동화) 박래전 열사가 긴 겨울을 이겨내고 마침내 다시 봄을 맞는 감격적인 순간이었다.

이는 지난 2016-17년 연인원 1천7백만 국민이 참여한 위대한 ‘촛불혁명’으로 박근혜 전 대통령의 탄핵과 정권교체를 일구어냈기에 가능한 일이었다. 촛불혁명에 참여한 시민들은 우리가 그토록 열망하는 민주주의는 1980년의 5·18 민주화운동에 그 뿌리를 두고 있고 1987년의 6월 민주항쟁이 그 줄기를 이루고 있다는 사실을 잘 이해하고 있었다. 이런 시민의 위대한 힘과 기억이 박래전 열사에게 다시 봄을 선사할 수 있었던 원천이었다.

사실 박래전 열사는 그의 시 「동화(冬花)」에서 “겨울꽃이 되어버린 지금 / 피기도 전에 시들어버릴지도 모릅니다”라며 자신의 미래를 우려하기도 했지만, 이내 “세찬 눈보라만이 몰아치는 / 당신들의 나라에서 / 그래도 몸을 비틀며 피어나는 꽃입니다.”라면서 인고의 세월을 겪은 뒤 다시 올 봄날을 정확히 예견했다. 이는 마치 3·1만세운동 직후 조선총독부 총독으로 새로 부임해오는 사이토 마코토를 저격하려다 영어의 몸이 된 강우규 의사가 1920년 11월 29일 처형당하기 직전 「절명시」를 통해 "단두대에 오르니 오히려 봄바람이 감도는구나(斷頭臺上 猶在春風)"라고 읊으며 조국의 해방을 예견했던 일과 흡사하다.

가장 혹독한 시기에 오히려 다가올 밝은 미래를 보는 예지력을 갖춘 인물을 우리는 선각자라 부른다. 박래전 열사는 우리 시대의 선각자였다. 마침내 다시 찾아온 봄. 강우규 의사가 예견했던 '8·15해방'이 찾아왔듯이, 박래전 열사가 예견했던 '80년 광주의 진실이 온전히 밝혀질 수 있는 그날'이 우리에게 찾아왔다. 우리는 8·15해방이 수많은 독립운동가들의 희생과 헌신에 기반해 있다는 것을 알고 있다. 마찬가지로 민주주의와 인권이 살아 숨쉬는 새로운 세상에 대한 대중적 열망이 가득한 지금의 우리 사회도 수많은 이들의 희생과 헌신이 있었기에 가능했다는 걸 알고 있다. 그 한복판에 "광주는 살아 있다! 군사파쇼 타도하자!"고 외치면서 자신의 몸을 불사른 박래전 열사가 있었다는 사실도 우리는 오래 오래 기억할 것이다.

이제 우리는 박래전 열사가 그렇게 바라마지 않았던 우리 모두의 봄을 만끽하면서 다시 뒤로 돌리기는커녕 뜨거운 여름을 거쳐 시원한 가을로 이어가 마침내 결실을 맺을 그날을 위해 적폐청산의 큰 길로 흔들림 없이 함께 스크럼을 짜고 달려갈 차례이다.

어느 날 광주 백서를 읽었습니다

최성남
숭실민주동문회 회장

어느 날 광주 백서를 읽었습니다. 타자기로 작성된 백서는 복사에 복사를 거듭해서 어떤 부분은 연필로 윤곽을 잡아가며 읽었습니다. 문을 잠그고 커튼을 치고 작은 스탠드 전구 불빛에 의존해서 숨죽이며 읽었습니다. 충격과 분노로 가슴과 머리가 터질 듯하여 어찌할 바를 몰랐습니다. 그 하얀 밤을 지나고 아침거리에서 출근을 서두르는 사람들의 표정을 보고 더 크고 더 깊게 충격을 받았습니다. 어떻게 이렇게 아무 일도 없다는 듯이 태연하게 살아갈 수 있을까. 크지도 않는 나라의 남쪽에서 일어난, 며칠 동안 백주 대낮의 학살 극을 이토록 완벽하게 감출 수 있을까. 아무것도 믿을 수 없어서 발을 딛고 있는 땅조차 실제인지 의심이 갔습니다.

그날 이후 모든 기성 세계를 용납할 수 없었습니다. 조금이라도 잘 먹고 잘살겠다는 어떤 욕망도 썩은 악취가 나는 듯했습니다. 광주로 인해 내가 알던 세상은 완전히 전복되었고 그날을 기점으로 두 동강이 나버렸지요. 광주는 폭격처럼 총성처럼 살을 가르는 칼처럼 살아서 들이닥쳤습니다.

광주는 그렇게 내 뱃속이나 심장 근처에 자리 잡았습니다. 광주가 몸부림 칠 때 나는 너무나 답답했습니다. 황인숙 시인의 말처럼 독수리를 삼킨 것처럼 가슴속은 난리인데 혀끝은 어찌나 눌(訥)한지요. 내 속의 광주는 불안했고 초조했고 우울했습니다. 그러나 광주는 나날의 에너지였고 활기(活氣)가 되어 늘 몸도 마음도 분주했습니다.

하지만 세상은 광주가 나에게 들이닥친 그날 이후에도 아무런 변화가 없었습니다. 매일 매일은 흐르고 흘러갔으며 돌고 돌아갔습니다. 일상은 얼마나 잔인한지요. 그날 이후에도 밥은 참 맛있었습니다. 그날 이후에도 잠은 얼마나 달디 달던지요. 아아, 여학생들은 왜 그리 예쁘고 사랑스러운지요. 때때로 이런 짐승스러운 나를 발견할 때마다 괴로웠습니다.

무엇보다도 무서웠습니다. 무서웠던 것은 국가라는 거대한 구조적 폭력이 아니라 백골단의 몽둥이와 군홧발이었습니다. 그토록 간절히 투쟁의 한복판에 서기를 원했지만 그곳에서 가장 외로웠고 너무나 무서웠습니다. 가투의 무용담이 펼쳐지는 뒤풀이 자리에서 나의 광주는 비겁함과 두려움에 폭음으로 울부짖었습니다. 광주는 그렇게 흔들리며 자랐습니다. 슬픔도 자라고 사랑도 자라면서 광주의 눈빛은 깊어지고 깊어졌습니다.

수년이 지난 어느 날, 광주가 내 속에서 나를 가르고 나왔습니다. 참을 수 없는 화산의 열기로 내 속에서 터져버렸습니다. 가장 깊은 곳에서부터 끓어올랐던 그 폭발 소리 …… "광주는 살아 있다!"

"광주는 살아 있다!" 외치며 불길에 휩싸인 나의 후배, 박래전. 불길 속에서의 절규는 용암처럼 시뻘겋게 내 가슴속에서 흘러내렸습니다. 숯이 된 그는 동문들 가슴에 불씨를 남기고 떠나갔습니다.

그날 이후 천 개 만 개의 광주들이 다시 살아서, 점점 더 많이 살아서 노란 리본이 되고 촛불이 되어 세상을 뒤엎어버렸습니다.

길은 끝나지 않았습니다

박래군
박래전의 둘째 형, 인권재단 '사람' 소장

30년, 동생을 보내고 30년을 더 살았습니다. 아버지는 그 뒤로 다리 수술을 하셨고, 성치 않은 다리를 이끌고 농사일을 하시다가 26년여를 더 사시다가 돌아가셨습니다. 어머님은 지금도 막내를 그리워하며 살아가고 계십니다. 3형제 중 첫째인 형은 안산서 거주하면서 시골 농사를 이어서 짓고 계십니다. 조카들은 결혼을 해서 아이들을 낳고 살고 있고요. 저도 결혼해서 딸 둘을 낳고 그 딸들이 지금 20대 중반이고 이제 곧 삼촌이 살다간 나이와 비슷해집니다. 세월의 흐름에 따라 나이를 먹으면서 머리는 희어졌으며 늙어가고 있습니다. 3형제 중 막내인 래전이가 죽고도 우리는 여전히 세월을 살아내고 있지요.

30년 전, 모란공원 민주열사묘역에는 전태일, 최종길, 김진수, 박영진의 묘소밖에 없었습니다. 래전이는 유서에서 "나의 죽음이 마지막 죽음이길" 바랐지만, 운동의 과정에서 때로는 병을 얻어서, 때로는 사고로, 때로는 자신의 몸을 던져서 죽어갔고, 매년 묘역에는 새 무덤이 들어섰습니다. 30년이 지난 오늘 그곳에는 150명이 넘는 이들의 무덤이 있습니다. 그만큼 30년의 세월은 혹독한 세월이었습니다.

영화 《1987》에서 보았듯이 6월 항쟁은 승리했습니다. 그렇지만 영화가 미처 보여주지 못한 역사를 우리는 압니다. 1988년 노태우 정권이 들어섰고, 동생은 "광주는 살아 있다!" 외치며 자신의 몸을 던졌습니다. 90년대 중

반까지 고문과 간첩조작이 이어졌습니다. 민주화의 노력으로 문민정부가 들어섰지만 문민정부의 끝에 IMF 외환위기가 있었고, 그 뒤 우리 사회는 급격하게 신자유주의 체제로 변질되었고, 죽음의 행렬이 끊이지 않는 양극화 경쟁사회가 되었습니다.

우리는 30년 전 그때보다는 좋은 집에 살고 좋은 차를 타고 다니며 스마트폰을 쓰고 조금은 더 풍요롭게 살고 있습니다. 그렇지만 세상은 더욱 각박해졌고 변혁에 대한 열정은 가뭇없이 사그라졌습니다. 30년 전 불의에 분노해 최루탄으로 뒤덮였던 거리를 질주했던 청춘들은 슬픔도 아픔도 모질게 외면하는 개인주의, 이기주의로 흘러갔습니다. 더불어 사는 삶의 가치보다 돈을 좇아 쉼없이 달려온 지난 시간들은 결국 이명박, 박근혜 정권을 불러왔습니다.

우리는 바닥까지 내려갔습니다. 그 바닥에서 세월호 참사를 겪었습니다. 여객선 안에 사람이 살려달라고 울부짖고 있는데 사람을 구하지 않는 비정한 시스템을 보았고, 국가의 부재를 아프게 확인했습니다. "이게 나라냐!"는 분노는 쉽게 가라앉지 않았습니다. 세월호 유가족과 시민들이 지키던 광화문 광장에서 촛불혁명의 겨울이 시작되었고, 1천7백만 명 시민들의 촛불은 결국 박근혜 정권을 권좌에서 끌어내렸습니다. 박근혜가 구속되던 날, 온 국민의 아픔이었던 세월호는 목포 신항에 도착했습니다. 그리고 적폐청산을 약속한 문재인 정부가 들어섰습니다.

문재인 정부는 광주학살의 진상규명을 새로이 시작하고 있습니다. 이전 정부에서 '임을 위한 행진곡'도 못 부르게 했던 것과는 차이가 많이 납니다. 문재인 대통령은 지난해 5.18 기념식에서 광주 이후에 광주학살의 진상규명을 외치다 죽어간 이들의 이름을 불렀습니다. 박관현, 표정두, 조성만, 그리고 박, 래, 전. 그 자리에서 래전이의 이름이 불리어졌을 때 저는 솟구치는 울음을 겨우 참았습니다.

공식석상에서 처음으로 호명된 박래전, 그때의 약속대로 새 정부에서는 광주의 진상규명을 위한 작업을 새로 시작했습니다. 실종자들을 찾기 위해서 암매장지로 추정되는 곳을 파헤치고 있습니다. 래전이가 죽던 해에 백담사로 쫓겨갔던 전두환은 이후 1995년에 노태우와 함께 감옥에 갔다가 2년 남짓 뒤에 석방되어 아직도 전직 대통령의 예우를 받으며 살고 있습니다. "광주학살 원흉의 처단!"을 외쳤던 내 동생 래전이가 죽은 지 30년이 지났는데도 말입니다. 이번에는 제발 광주학살의 진상이 밝혀져서 전두환, 노태우, 이들이 죽기 전에 죄상을 물었으면 좋겠습니다. 그래서 꼭 정의가 불의를 이긴다는 진실을 확인했으면 합니다. 그러면 제 동생은 저 세상에서 고통을 내려놓고 웃을 수 있지 않을까요?

30년의 시간을 되돌아보면 역사는 진보의 방향으로 나아간다는 점을 알게 합니다. 때로는 공든 탑이 한꺼번에 무너져 내리는 절망과 좌절의 시기들도 있지만, 그런 시간들에도 역사의 진보를 믿는 사람들이 있고, 그들의 노력에 의해서 역사의 수레바퀴는 진흙탕 속을 헤치고 나아갔습니다. 다만 그 역사는 깨어 있는 사람들의 행동에 의해서 조금은 더 제 속도를 찾아가는 것 같습니다. 지나간 시간들의 잘못과 실수를 반복하지 않는다면 역사는 우리를 배반하지는 않는다는 믿음을 얻게 되었다고 할까요?

외면하지 말아야 할 것들을 외면하고 침묵하며 살지 않으면, 가만히 있기를 바라는, 바보처럼 순응하며 살기 바라는 자들의 노예가 되지 않으면 우리가 바라는 세상, 민중이 주인 되는 새 세상, 래전이가 환한 꽃으로 돌아오는 그런 날이 오고야 말겠지요.

가끔 동생 래전이 남긴 시를 읽습니다. 동생은 지금 봐도 서늘한 시를 남겼습니다. “자! 내게도 불을 붙여다오/ 여윈 몸뚱이 재가 되어/ 이 땅의 백성이 기름질 수 있다면”하고 노래한 「반도의 노래」도 그렇지만 대표작인 「동화(冬花)」는 더욱 그렇지요. “세찬 눈보라만이 몰아치는/ 당신들의 나라에서/ 그래도 몸을 비틀며 피어나는 꽃” 이라고 스스로의 의지를 노래했습니다. 죽고 난 뒤에도 세상이 좋아지기를 바라며 지금도 민중의 발목에 채워진 쇠사슬을 풀기 위해 애쓰고 있을지 모른다고 생각하면 참으로 안쓰럽습니다. 그는 모든 걸 다 바쳐서 시를 썼고, 운동에 헌신했고, 자신의 여윈 몸뚱이마저 바쳤습니다.

동생의 죽음 뒤에 저는 유가족이 되었습니다. 래전이가 바라던 민중의 새 세상을 만드는 일에 거름이 되는 일일 거라고 생각하여 인권운동을 해왔습니다. 인권운동을 하면서 처음 했던 일이 의문사 자료를 정리하는 일이었습니다. 처참한 시신 사진을 내밀고 울면서 자식의 죽음을 증언하는 이들의 말을 들으면서 솟구치는 분노와 울음을 억누르면서 죽음의 현장을 지키려고 했습니다. 그러다 보니 주로 다종다양한 국가폭력의 현장에 가게 되었고, 그러다가 감옥살이도 했습니다.

30년, 나름 열심히 살아왔지만 아직은 저 세상에서 몸을 비틀며 꽃을 피워내는 동생 앞에 설 자신이 없습니다. 언제나 저는 동생의 죽음 앞에서 떳떳이 설 수 있을까요? 죽어서야 끝인 길을 가야 하는 사람의 고된 운명을 지고 가는 게 유가족인 것 같습니다. 30년의 세월이 지났음에도 여전히 새록새록 기억은 되살아납니다. 그 아픈 기억, 슬픈 기억들, 묻고 싶어도 묻을 수 없는 그런 기억들을 안고 가는 길이 외롭지만은 않았던 건 함께 손 잡아주던 벗들이 있었기 때문일 겁니다.

30년 동안 숭실대 동문들은 박래전을 잊지 않고 매년 모란공원을 찾아주었습니다. 30년, 결코 짧지 않은 시간인데 그런 행렬이 이어졌다는 게 기적 같습니다. 소수지만 매년 박래전을 새로 알아가는 이들도 있습니다. 함께 살아가야 하는 세상에서 세상의 아픔에 공감하고, 슬픔과 아픔을 기억하고, 행동하면서 함께 해왔던 이들 덕분에 내 동생 래전이는 외롭지만은 않았을 겁니다. 아직 길은 끝나지 않았습니다. 지금까지 30년 왔던 것처럼 앞에 놓인 30년도 같이 갔으면 좋겠습니다. 욕심이 있다면 아파도 슬퍼도 웃음 잃지 않고, 가는 길에 잡은 손 놓지 않기를 바랍니다. 참 고마웠습니다.

1988 박래전

30년, 다시 만나는 동화冬花 박래전

초판1쇄 2018년 3월 29일

지은이 박래전기념사업회
펴낸이 이재교

디자인 김상철 이정은

펴낸곳 굿플러스커뮤니케이션즈(주)
출판등록 2013년 5월 7일 제2013 - 000136호
주소 서울시 마포구 동교로 17길 51 4~5층
대표전화 02 - 6080 - 9858
팩스 0505 -115 - 5245
이메일 goodplusbook@gmail.com
홈페이지 www.goodplusbook.com
페이스북 www.facebook.com/goodplusbook

ISBN 979-11-85818-33-7 03810

「이 도서의 국립중앙도서관 출판예정도서목록(CIP)은 서지정보유통지원시스템 홈페이지(http://seoji.nl.go.kr)와
국가자료공동목록시스템(http://www.nl.go.kr/kolisnet)에서 이용하실 수 있습니다.(CIP제어번호: CIP2018008981)」